Relatos y cuentos
coloniales de ultratumba

Relatos y cuentos
coloniales de ultratumba

Editorial Época, S.A. de C.V.
Emperadores No. 185
Col. Portales
03300 México D.F.

Relatos y cuentos coloniales de ultratumba

© Derechos reservados 2005
© Por Editorial Época, S.A. de C.V.
Emperadores No. 185, Col. Portales
03300-México, D.F.
E-mail: edesa2005@prodigy.net.mx
www.editorialepoca.com.mx
Tels. 56 04 90 72
56 04 90 46

ISBN-970627443-4

Las características tipográficas de esta obra no pueden reproducirse, almacenarse en un sistema de recuperación o transmitirse en forma alguna por medio de cualquier procedimiento mecánico, electrónico, fotocopia, grabación, internet o cualquier otro, sin el previo consentimiento por escrito de la Editorial.

Impreso en México - *Printed in Mexico*

INTRODUCCIÓN

Existen pocas historias que nos han hecho temerle verdaderamente a la oscuridad, pero estamos seguros que éste no será el caso de las siguientes leyendas, extraídas algunas de las crónicas coloniales, y otras más de la versión popular.

Pero como sea, estas historias nos atrapan desde las primeras líneas, adentrándonos en un mundo de terror y misterio, que entretejió nuestro país a lo largo de estos siglos. Todas ellas son una pequeña carga de temor que nos dejarán al poco rato paralizados.

Estamos seguros que en cuanto tome el libro y comience a leer ya no lo podrá dejar, pues los siguientes relatos no sólo lo dejarán asombrado, sino que además le crearán un toque de intriga que le hará pensar dos veces las cosas antes de aventurarse a cruzar solo una calle solitaria.

LAS ÁNIMAS DE LAS CALLES DE CARRANZA

Existen maldiciones que alcanzan a varias generaciones. Durante la Colonia se registraron algunos de estos casos, de los cuales se dice que cuando alguien muere víctima de gran dolor, su espíritu, aunado a la maldición, vagará buscando el descanso eterno. Éste es el caso ocurrido en el número 25 de la calle de Cadena, hoy en día, Segunda de Venustiano Carranza.

Todo inició en el año de 1670, aquel en que gobernaba la Nueva España el marqués de Mancera, Sebastián de Toledo. Uno de sus hombres de confianza, Don Lope Diéguez de Escandón, fue enviado a cierta delicada misión a Nueva Galicia, hoy Guadalajara.

Como el viaje era largo y fatigoso, Don Lope tuvo que detenerse en una posada del camino cerca de Valladolid, lo que hoy conocemos como Morelia. Pidió de inmediato se le atendiera con vino y viandas. El encargado de este lugar tuvo que llamar a gritos a su joven asistente, al ver que ésta no aparecía, pues se encontraba en los brazos de su amado, uno de los caballerangos.

Aquellos constantes llamados hicieron que la joven acudiera a ver qué se le ofrecía a su padre.

—Lleva vino al caballero, en lugar de estar holgazaneando —dijo el señor, con un gesto de molestia.

Ella obedeció sin poner objeción, pero al llegar a la mesa de Don Lope, éste la miraba con gran admiración, y aunque mostraba lágrimas en su rostro, era en verdad muy bella. Al darse la vuelta, Don Lope la tomó del brazo.

—Espera, no te vayas todavía; hazme compañía. Soy un caminante aburrido y cansado —dijo.

Antonia rechazó a aquel hombre, pero el caballero pronto la aprisionó en sus brazos mientras ella se debatía desesperada.

—¡Déjeme! ¡Déjeme!

Mas la resistencia de la joven despertó más el deseo de Don Lope. Haciendo un gran esfuerzo Antonia pudo liberarse de aquel abrazo tan desagradable para ella, por lo que salió tan asustada que el caballero se soltó en carcajadas.

Al día siguiente, el señor de Diéguez prosiguió su camino.

Una vez que despachó sus diligencias en Nueva Galicia se puso de regreso. En su mente se había quedado la idea obsesiva de hacer suya a la joven, así tuviera que matar al padre. Así que tan pronto llegó a la posada, pidió a su cochero se detuviera, y al entrar lo primero que vio fue a la hermosa mujer tallando el piso.

Al mirarlo entrar, ella intentó huir pero el caballero la detuvo. El posadero acudió ante los intensos gritos de la joven, pero Don Lope soltó de inmediato a la muchacha, haciéndole creer que sólo quería vino y descansar antes de continuar su viaje, y desoyendo los angustiosos gritos de su hija, el posadero salió del recinto.

La joven forcejeó con Don Lope y aprovechando un descuido del caballero, salió corriendo topándose con Juan, el caballerango que la amaba. Pero tras ella corría el viajero obstinado. Juan se interpuso entre él y la aterrada mujer. Aquel caballero tomó una daga y la hundió en el pecho del joven enamorado.

Antonia se precipitó sobre Juan, quien se desplomó instantáneamente.

—¿Ahora quién va a impedir que seas mía? —dijo Don Lope, con una risa endemoniada.

—¡Maldito! —gritaba la joven llorando—. Maldito seas tú y toda tu descendencia.

Justo en ese momento salió el padre de la joven, pero lejos de consolar a su hija, se ofreció a Don Lope para ocultar el cadáver, además de ofrecerle a su hija a cambio de unas monedas de oro. Pero aquel despiadado caballero hundió una vez más el filo en aquel ambicioso señor.

—Es poco lo que mereces por vender a tu hija y su honra —dijo Don Lope.

Paralizada de terror, Antonia había contemplado la escena, y sin fuerzas para resistirse, dejó que Don Lope se la llevara en su carruaje. Este caballero habitaba una hermosa mansión en la calle de Cadena, y ahí condujo a la infortunada mujer, con la que vivió desde entonces.

La joven vivía rodeada de sedas y joyas que Don Lope le proporcionaba, sin embargo era infeliz y siempre permanecía triste. Sus desprecios hacia Don Lope sólo avivaban más las ansias de poseerla. Y así transcurrieron los días.

Al cabo de cuatro meses la terrible noticia de que estaba embarazada la aisló por completo de su realidad.

—Desde hoy maldigo a este hijo que llevo en mis entrañas —dijo la joven a Don Lope tomando su vientre—. Aunque sea fruto de mis entrañas, no olvidaré que es hijo suyo.

La mano de Don Lope cayó pesadamente sobre el rostro de Antonia, haciéndola rodar por el suelo. Así, entre maldiciones y odios transcurrieron los meses, hasta que llegó el día en que dio a luz unas gemelas.

—No quiero verlas —dijo Antonia a la sirvienta.

Esto provocó la ira de Diéguez y Escandón, que al ver la irritabilidad con la que su mujer se dirigía hacia él y sus hijas, no tuvo más remedio que marcharse de la habitación.

Cuentan que esa misma noche Doña Antonia deliraba, y en este trance no dejaba de maldecir a Diéguez.

Antonia murió al amanecer. Sus funerales fueron realizados con gran pompa y el caballero de Diéguez y Escandón vivió desde entonces dedicado a sus hijas, quienes tenían un gran parecido con su difunta madre.

Pasados los años, Don Lope descubrió una horrible metamorfosis: sus hijas comenzaron a deformarse.

—Es la maldición de Antonia —se dijo Don Lope—. Ella nunca aceptó la manera en que concibió a sus hijas.

Desde entonces pidió a los sirvientes que las ocultaran en el rincón más apartado de la casa, donde él jamás las pudiera volver a ver. Las gemelas fueron encerradas en una sórdida celda situada en el traspatio de la sala, donde crecieron presentando cada vez un aspecto más feo y repugnante. Su alimentación consistía en carne cruda, la cual parecían saborear con gusto.

Así, los criados se divertían excitándolas con la sangre de los animales que sacrificaban ante ellas, mientras que las pequeñas daban vueltas y sonreían con malicia.

Entre tanto, Don Lope se había vuelto a casar, y pronto su nueva esposa le dio un hermoso heredero, al cual la maldición de Antonia no había alcanzado hasta entonces. El orgulloso padre ya hacía planes en cuanto a la educación de su pequeño, a la vez que trataba de olvidar lo ocurrido hacía diez años con Antonia, y aquellos seres malignos que se encontraban en aquella celda oculta de los ojos de su mujer.

Cierto día Don Lope fue a visitar a sus pequeñas, mientras les decía:

—Una maldición de su madre las tiene así, hijas. Sé muy bien que si pudieran me matarían, pero también sé que nunca saldrán de aquí.

Aquel caballero se dio la vuelta y se dijo para sí: "No sé cómo no las he matado ya".

Cuenta la crónica que desde aquel día Don Lope no volvió a visitar a sus pequeñas. Y al cabo de los años, su pequeño heredero creció y viajó a España, y pronto los años lo devolvieron al lado de sus padres, siendo ya un gallardo joven.

Esa misma noche en la que el joven se aposentaba, alcanzó a escuchar unos horribles aullidos que provenían del traspatio.

"Parece que el diablo anda suelto", se dijo exaltado.

En todo el tiempo que había vivido en esa casa, jamás había escuchado cosa alguna, por lo que el muchacho quiso averiguar lo que sucedía. Al paso de unos minutos, los aullidos se volvieron a escuchar; fue entonces cuando supo que provenían del lugar prohibido para ellos, pero la curiosidad lo inquietó cuando miró una sombra blanca que se agitaba tras las rejas de una celda que se veía al final del traspatio.

La oscuridad era total aquella noche, por lo que no pudo ver nada, así que tomó la llave que pendía de un clavo y abrió la puerta. Jamás supo de dónde surgieron esas horribles fieras humanas que comenzaron a golpearlo y a destrozarlo a mordidas.

Sin haber podido defenderse, el heredero de Don Lope quedó horriblemente mutilado en el fondo del infecto recinto, mientras sus espantosas moradoras salían de ahí dando alaridos. Penetraron en la casa y pronto llegaron a donde dormían Don Lope y su esposa, a quienes atacaron con fiereza.

Fue aquella una carnicería atroz. Los criados también cayeron víctimas de aquellos dos demonios, quienes luego se lanzaron a la calle dando horribles aullidos. Por fortuna para los habitantes de la ciudad, los guardianes de la ronda las detuvieron, viéndose obligados a darles muerte en la misma calle.

Por mucho tiempo se habló en la Colonia de aquel espeluznante suceso, pero al paso de los años ya se había olvidado, hasta que cierto día algo más increíblemente horrible ocurrió cuando un hermano de Don Lope llegó al Nuevo Continente.

Era el año de 1701, y había retomado posesión del virreinato Don Juan de Ortega y Montañés. Don Fernando de Domínguez y Escandón pernoctó el día de su llegada en la Posada de la Veracruz. Cuando dormía cansado por el viaje...

"¡Fernando!", se escuchaba una voz acompañada de los soplidos del viento.

Don Fernando alcanzó a escucharla y a reconocer como la voz de Don Lope, pero sabía que aquél y su familia habían muerto, entonces creyó que estaba soñando. Pero aquella voz se hizo más clara.

—Soy tu hermano —dijo un ser que se apareció ante él—. Debo hacerte una advertencia: no vayas a habitar en mi casa de la calle de la Cadena. Te lo pido por nuestra santa madre. Porque esa casa está maldita.

—¡Aléjate espíritu! —dijo Don Fernando—. ¡Por piedad, vete!

Sin hacer caso del llamado de aquella espantosa aparición, Don Fernando clavó la cara en la almohada, mientras la aterradora figura se desvanecía.

Al día siguiente se puso en camino hacia la capital, mientras les contaba lo ocurrido a sus hijos. Ellos lo convencieron de que sólo estaba obsesionado por la terrible muerte que había sufrido su hermano.

Y esa misma tarde se instalaron en la que fuera la casa de Don Lope. Pero no pasaron desapercibidos los extraños ruidos y escalofriantes murmullos que se escucharon en la sala la misma noche de su llegada.

Por tal motivo, la familia se reunió para comentar lo que habían escuchado. Don Fernando, que estaba dispuesto a encontrar la causa de aquellos ruidos, comenzó a revisar la casa, y al no encontrar nada, regresó a su habitación, donde halló a una hermosa joven.

—¿Quién es usted? —preguntó el caballero.

—Mi nombre es Antonia —dijo la joven—, y deseo mostrarle una cosa —poniéndose de pie—. Sígame por favor.

Don Fernando se encontraba desconcertado, pero no quiso contrariar a la bella mujer. La aventurada llevó al caballero al traspatio de la mansión, deteniéndose precisamente ante la celda que habitaron las desdichadas gemelas, hijas de Don Lope.

—Diga ya, señora mía: ¿qué es lo que se le ofrece? —dijo Don Fernando.

Pero aquella mujer no sólo se quedó callada, sino que además ocultó su rostro. Al entrar en aquella celda, dijo con gran malicia:

—¿Verdad que es hermoso mi rostro? —levantándose el velo que la cubría, dejando mostrar una terrible calavera descarnada.

Aquel horror fue magno, al momento en que se comenzaron a escuchar unos alaridos que le erizaron los cabellos. Y el susto se acrecentó cuando vio a dos horribles espectros arrojándose furiosos sobre él, mientras el de Antonia rompía en diabólicas carcajadas. Los desgarradores gritos de Don Fernando, así como el escándalo hecho por las demoniacas apariciones, hicieron acudir a Don Servando y Don Lorenzo, hijos de la desdichada víctima.

Al llegar al traspatio, sólo encontraron el cadáver destrozado de Don Fernando. Pero los horrores de esa noche infernal no habían terminado. Después de llevar a cubrir el cuerpo, Don Lorenzo se retiró a orar unos minutos. Fue entonces cuando se manifestó el espíritu de Don Lope.

—Se los advertí: salva a tu hermano y sálvate tú mismo de los espíritus malignos que habitan aquí.

—Pero, ¿por qué a nosotros? —preguntó el caballero, desesperado.

—Llevan mi sangre —dijo el espectro—, por eso deben abandonar esta mansión maldita, donde moran todas las aberraciones del mal.

Las impresiones del espectro le hicieron perder el sentido, y así lo encontró su hermano cuando acudió a llamarlo minutos después. Al recobrar el sentido, le advirtió del peligro que corrían.

Conforme pasaban los minutos, el escalofrío se acrecentaba al darse cuenta de que no estaban solos en aquel recinto. Al poco tiempo Antonia se aparecía ante ellos diciendo:

—Soy Antonia y les ofrezco un paraíso; sólo tienen que seguirme.

Aquella hermosa figura no dejaba ver su rostro, pero esto no le importó a Don Lorenzo, que al poco rato ya estaba detrás de ella. Pero al descubrirse el rostro, él pudo ver que se trataba de una hermosa mujer, aunque demasiado pálida y amarillenta de la piel. Antonia volvió a cubrirse el rostro y se alejó con paso silencioso, como si sus pies no tocaran el suelo.

Aquel joven no relató nada a su hermano, ya era suficiente la muerte de su padre como para abrumarlo con más preocupaciones. Así, se llevaron a cabo los funerales de Don Fernando.

Por la noche, después del entierro y agobiados por la fatiga, cayeron ambos caballeros en un profundo sueño. De pronto, una helada presencia despertó a Lorenzo. Al pie de la cama se encontraba la bella mujer.

—He regresado —dijo Antonia con malicia—. Es tiempo de que me siga.

El joven estaba tan preocupado por saber cómo entraba a la casa aquella mujer, que nunca se dio cuenta de que flotaba. Aquel cansancio lo agobiaba tanto que no quiso acompañarla, pero ella no se alejó sin que antes le prometiera que la acompañaría la siguiente noche.

Mientras tanto, en la habitación de su hermano, su tío se aparecía nuevamente para advertirlos.

—Corren peligro al estar en esta casa; una grave maldición persigue a nuestra familia, y todo es culpa mía. Deben irse de inmediato.

El prudente joven le prometió al espíritu que se irían en cuanto el sol alumbrara la mañana, pero a cambio le pidió que no se le volviera a manifestar. Aquella inquietud lo llevó a buscar a su hermano, quien dormía profundamente.

Por la mañana salió a buscar una nueva residencia, mas tuvieron que aguardar una noche más en aquella

casa. Así, Doña Antonia se apareció una vez más a Don Lorenzo.

—He vuelto —dijo el espectro—, pero esta vez no me iré hasta que me acompañe.

El joven se encontraba tan preocupado por averiguar el camino que esa mujer tomaba para llegar a su habitación, que se levantó de inmediato creyendo que lo llevaría de vuelta por él. Pero el espectro de Antonia lo llevó al traspatio de la casa, donde se descubrió nuevamente el rostro, que esta vez estaba completamente descarnado. Él retrocedió unos pasos, pero los horrendos espectros de las gemelas se aparecieron detrás de ella y se arrojaron sobre el joven con fiereza.

—¡Eres un cobarde! ¿Por qué no me tomaste como los de tu sangre? —dijo el espectro.

El joven rodó por el piso tras los mordiscos de aquellos seres, y tomando la cruz que llevaba en el pecho la levantó cubriéndose de las espantosas ánimas, quienes lanzaron alaridos de horror y escalofrío.

Lo último que vio el desafortunado joven fue la horrible nube amarillenta y apestosa de azufre en la que desaparecieron estos seres. Y cuentan las crónicas, que la casa fue clausurada por el Santo Oficio cuando aquellos jóvenes denunciaron los hechos. A través de los siglos se han levantado y derruido diferentes construcciones en ese lugar hasta edificar el de hoy, donde dicen los moradores que todavía se alcanzan a escuchar los alaridos de aquellas gemelas y su diabólica madre.

El encapuchado del templo

Aguascalientes era una de las ciudades más desiertas en aquella época. Había pocos habitantes, y los ruidos de las carretas eran tan esporádicos que apenas si rompían la monotonía del día.

Los "sitios" de caballos y mulas eran frecuentemente visitados por los mercaderes de la región, y los provenientes de tierras lejanas que apenas si pasaban por la ciudad, que les quedaba de paso para ir a una más grande.

En aquella ciudad era muy conocida la hacienda de "El Niágara", de Don Salvador H. Romo, padre de Don Antonio, quien permitía que algunos jóvenes se hospedaran en ese lugar para pasar sus vacaciones, y precisamente el trabajo de guiarlos hasta allí era el de Don Amperio, un cochero de confianza.

Cierto día, las cosas no ocurrieron como solían suceder. Aquel verano el sol arreció más que en años anteriores y por alguna extraña razón Don Amperio no llegó a recoger a los jóvenes, que esperaban con impaciencia la llegada del mozo.

Todos esperaron con ansias en vano la llegada de aquel hombre. Aquel equipaje se convirtió en lecho, porque la noche llegó con una luna que alumbraba poco. Don Salvador, preocupado por la posibilidad de que algo les hubiera pasado, salió rumbo al lugar donde se debía recoger a los muchachos. Al llegar, su sorpresa fue mayúscula al verlos a todos acostados en el suelo.

—¿Y Amperio? —preguntó Don Antonio, desconcertado.

Todos sabían de sobra que Don Amperio era un hombre cumplido y responsable, que jamás dejaría abandonados a esos jóvenes, por lo que lo más lógico era que le hubiera ocurrido algo.

Don Antonio, acompañado de los jóvenes, buscó sin cesar a Don Amperio por todo el pueblo, donde era muy posible que pudieran encontrarlo. Como no lo hallaron, regresaron todos juntos a la hacienda, donde ya se encontraba el mozo, pero se le reflejaba un estado muy raro; parecía como si estuviera orbitando en otro mundo; tenía los ojos agrandados y estaba mudo como un tronco. Buscaron indicios que les confirmaran las sospechas de que estaba tomado, pero su aliento no delataba una noche de copas.

Su esposa relató que llegó de esa manera minutos después de haberse ido a recoger a los muchachos, y que desde entonces no había soltado palabra. Nadie podía decir a ciencia cierta qué era lo que le había ocurrido a este hombre.

Ocho días después, Don Amperio recobró el ánimo y pudo regresar a su trabajo, pero Don Antonio, que no dejaba el caso de lado, lo interrogó de inmediato. Así, el cochero pudo relatarle lo ocurrido:

Cuando pasaba por el templo de San Marcos para ir por los muchachos, un fraile encapuchado que llevaba una calavera en la mano, salió de ahí; en cuanto se dio cuenta de que estaba viéndolo me correteó por todo el jardín, gritando que me iría al infierno. Por el miedo y el cansancio caí inconsciente hasta que un amigo me encontró y me llevó a casa arrastrando.

Desde aquel momento, Don Antonio comenzó a investigar quién podría haber sido aquel fraile del relato, hasta que se enteró de que años atrás la gente se reunía cada año para festejar a San Marcos. Estas fiestas se llevaban a cabo alrededor del jardín del templo, pero a pesar de esto, era muy poca la gente que asistía a los oficios religiosos de la misma, prefiriendo la diversión y no la devoción.

Se contaba que días después de una de las últimas fiestas comenzó a aparecerse un fraile que llevaba una calavera en la mano, versión que coincidía con el relato de Don Amperio, pero además había quienes aseguraban que este ser se paseaba por los jardines todas las noches alrededor del templo, y que sólo los desafortunados que se lo topaban de frente eran víctimas de sus agresiones.

Por tal motivo, las personas que vivían cerca del templo rezaban cada noche una oración, implorando que aquel espíritu jamás entrara en sus hogares. Y sólo alcanzaban a escuchar los gritos que este espectro daba al toparse con algún transeúnte.

Así, Don Antonio pudo saber que aquel fraile era el mismo con el que Don Amperio se había topado. Ahora sólo había que responderse una cosa: ¿por qué había regresado aquel fraile?, y ¿por qué motivo no podía descansar aún su alma?

El pánico rondó nuevamente las calles de Aguascalientes, hasta que cierto día, Don Antonio y un grupo de personas decidieron ir en busca de aquel fraile para enfrentarlo y ahuyentarlo. Por lo que esa misma noche determinaron ir al templo y esperar entre las sombras de los árboles a que apareciera.

Y cuentan que fue justo a la medianoche, cuando una sombra se dejó ver por los jardines. Aquellos hombres sin pensarlo se arrojaron sobre ella, quitándole la calavera y la capucha que le cubría el rostro. No se sabe a ciencia cierta qué fue lo que ocurrió. Tiempo después se corrió el rumor de que en verdad se trataba del sacristán, que sólo quería asustar a las personas que abusaban del libertinaje. Pero hay algunos más que aseguran que se trataba de un ánima maldita que por causa del mismo libertinaje no podía descansar, teniendo que saldar su deuda vigilando los jardines del templo.

Esta historia no fue asentada ni en las actas del templo, ni en las del Santo Oficio, pero ha prevalecido por las calles de Aguascalientes durante todos estos años. Incluso hay quienes todavía hoy en día, piensan dos veces pasar a medianoche donde se encontraban los jardines del templo de San Marcos.

El espíritu de La Soledad

La Nueva Galicia, hoy ciudad de Guadalajara, al igual que la ciudad de México, fue testigo de cientos de historias aterradoras que rodaron por el tiempo dejando una huella de escalofrío entre los pobladores.

Según las crónicas de la época, ninguna fue tan espeluznante como la del espíritu de La Soledad.

Aquella ciudad había sido testigo de los esfuerzos de Don Blas Santiesteban, un rico mercader que hizo fortuna a base de trabajo, y que tuvo que abandonar su querida tierra tras la muerte de su esposa.

Llegó a instalarse en la ciudad de México en 1587, año en que recibió la herencia de su esposa, Doña Teresa de Suárez; entre otros bienes se contaba la casa de La Soledad. Eran tiempos del virrey Don Álvaro Manrique de Zúñiga, marqués de Villa Manrique, en el penúltimo decenio del siglo XVI.

Sus hijos pronto olvidaron la vida que llevaban en la Nueva Galicia, y su padre, Don Blas, se convirtió en prestamista y se fue volviendo un hombre avaro y mezquino, que contando con tantos bienes, vivía y obligaba a vivir a sus hijos como miserables mendigos.

Ellos no alcanzaban a comprender por qué su padre los obligaba a vivir como villanos cuando tenían en sus arcas grandes riquezas. Su padre había cambiado tanto, que sus hijos añoraban regresar algún día a Nueva Galicia, lugar en donde ya no se veían con buenos ojos los negocios de aquel hombre.

Y mientras se empeñaban a su nombre terrenos y mansiones ostentosas, sus hijos llevaban vida de plebeyos haciendo los quehaceres del hogar. Los jóvenes escondían en su interior gran resentimiento, pero nunca se atrevieron a contrariar las órdenes del viejo.

—Deseo tanto abandonar esta casa —dijo uno de ellos—, pero me detengo al pensar que mi padre me desheredaría. Después de todos estos años sujetos a su avaricia, vale la pena esperar un poco más para recibir la herencia que será nuestra cuando muera el viejo.

—Dices bien, hermano —replicó el segundo.

Al poco tiempo el vino escaseó y aunque su hermana quiso ofrecerles más, no podía porque tenían racionados todo tipo de víveres y alimentos. Ese día, el mayor de los hijos se encontraba muy tomado, por lo que se armó de valor, y pidiendo la compañía de su hermano se dirigieron a la taberna.

Allí uno de los parroquianos se les acercó, y se ofreció a pagar el vino que tomaban, pero esto, lejos de darles confianza, sembró en ellos el desconcierto.

—Pero, ¿quién es usted? —preguntó el mayor.

—Roque de Griera, venido de Barcelona con mis padres desde que era un chaval. Habitamos unos años en Nueva Galicia hasta que nuestra fortuna se terminó en manos de un usurero maldito —replicó el extraño hombre.

Ambos jóvenes interpretaron de inmediato sus palabras; sabían que se trataba de su padre. Aquel hombre los hizo partícipes de sus intenciones: deseaba casarse con su hermana para que de esta forma pudiera disfrutar de la herencia de Don Blas y recuperar así un poco de lo que les había robado.

Pero aquellas palabras no eran más que habladurías, ya que Don Blas jamás daría su hija a un hombre sin fortuna. Aquel hombre los convenció de raptar a la joven; de esta manera se enfrentaría a duelo con Don Blas y de paso le podría dar muerte, dejando libres a los jóvenes de disfrutar su herencia.

Acordaron llevar a cabo aquel siniestro plan esa misma noche. Don Blas había llegado a la casa, y como era su costumbre, se encerró en su despacho para quedarse solo con sus tesoros, que eran miles y miles de piezas en oro. En tanto que Don Tomás y Don Garcés entraban en la habitación de Doña Martina cubriendo sus rostros con máscaras.

La joven gritó con desesperación, ignorando que eran sus propios hermanos los que la estaban entregando a las garras de aquel malvado sujeto. Pronto la mujer cayó desmayada, situación que aprovecharon los hermanos para conducirla a La Santísima, lugar donde los esperaba Don Roque.

Doña Martina recobró el conocimiento en un recinto extraño para ella, ante un caballero que aplicaba un vaso de vino a sus labios.

—No tema —dijo Don Roque—. Ésta ha sido la única forma de lograr su amor.

Ella se incorporó de inmediato.

—Pero, ¿quién es usted?, ¿por qué me trajo hasta aquí?

—Yo te enseñaré a obedecerme —dijo Don Roque propinando dos golpes a la mujer.

Doña Martina vio en los ojos de aquel hombre una seguridad y una refinada crueldad que le hizo saber que en efecto, no tenía salvación. Don Blas sufrió tal impresión al enterarse del rapto de su hija, que Don Tomás y su hermano creyeron que iba a morirse allí mismo de un ataque.

—¡Mi nombre ha sido deshonrado! —dijo Don Blas—. Mi esperanza, mi gran esperanza de casarla con un rico caballero que no exigiera dote y en cambio me diera valiosos objetos, ha terminado.

Los jóvenes fingían preocupación ante lo sucedido. De inmediato, el mayor le dio referencias de quién pudo haberlo hecho. Le dijo que Don Roque había rondado la casa días atrás y que seguramente era él quien la había raptado.

De esta manera, ambos se ofrecieron a averiguar si en verdad se trataba de aquel hombre, mientras que Don Blas, sin reparar en la complicidad, los dejó ir lleno de esperanza. Los jóvenes se reunieron con Don Roque, quien los esperaba en la calle de la Celada, que después se llamó de Capuchinas, hoy Venustiano Carranza, cerca de La Merced.

Allí lo previnieron de que su padre buscaría venganza esa misma noche, por lo que debía estar al pendiente. Su hermana, que se encontraba en una de las habitaciones, daba gritos de desesperación al alcanzar a reconocer las voces de sus hermanos, pero ellos creían que se encontraba asustada solamente.

Y sin que sus voces de auxilio fueran escuchadas por sus hermanos, Doña Martina los oyó alejarse, sumida en su desesperación. La puerta de la habitación se abrió y la joven sintió pavor al verse frente a su verdugo, que la miró furioso y la tomó por los cabellos.

—Te vas a callar ya, desdichada— dijo Don Roque—. Tus hermanos nada harán por ti; ellos fueron los que te trajeron a mis brazos. Yo soy el pretexto para dar muerte a tu padre y apoderarme de sus riquezas.

Aquellas palabras dejaron sin aliento a la pobre mujer. Mientras, en casa de Don Blas, sus hijos le daban los pormenores de Don Roque, al tiempo en que ellos mismos hacían un plan de ataque que les favorecería.

La noche era fría y el viento soplaba como previniendo lo que iba a ocurrir. Don Blas y sus hijos se aventuraron sobre el callejón de Tabaqueros, para esperar el paso de Don Roque. Pronto apareció este hombre, y Don Blas no dudó en interceptarlo, seguro de que sus hijos lo ayudarían, pero ante los sorprendidos ojos de los tres traidores, el viejo se desplomó víctima de un infarto.

Así, los jóvenes recogieron al viejo para llevarlo a su casa, donde lo velarían. Después de acostarlo en una habitación, Don Roque y los jóvenes se entregaron al más desenfrenado saqueo.

—Mira cuánto oro. Y pensar que mi padre nos tenía como plebeyos —dijo el mayor.

Sin ningún respeto por el cadáver de Don Blas, sus hijos y el raptor de Doña Martina celebraron una orgía de proporciones diabólicas. Al día siguiente se dispusieron a sepultar al anciano, pero al levantarlo se dieron cuenta que sus manos se agitaban temblorosas. Los tres hombres se cruzaron miradas aterradas, mientras Don Roque decía:

—¿Qué esperan? Debemos meterlo al ataúd antes de que despierte y arruine nuestro plan.

Don Blas fue colocado en su féretro, mismo que cerraron sus propios hijos con ayuda de Don Roque. Así, lo llevaron al cementerio y viendo cómo caía la tierra sobre el cajón se dejaron llevar por el júbilo. Entre tanto, Doña Martina permanecía encerrada en el aposento de Roque Griera, suplicando al cielo que la librara de aquel martirio.

El viento agitó las ventanas de pronto y la joven se sintió sobrecogida de extraño temor. Aterrorizada vio un espectro espeluznante que se abrasaba en una hoguera de reflejos azules y amarillentos.

—No temas, hija —dijo el espectro—, soy yo, tu padre. Pero el peso de todo el oro y la plata que atesoré durante mi vida, abruma mis espaldas.

La joven, como pudo, se armó de valor.

—¿Qué puedo hacer por usted padre?

—¡Vengarme! Mis asesinos son tus hermanos y el villano al que ellos mismos te entregaron.

Doña Martina vio cómo aquel espectro se esfumaba en medio de una pestilente nube amarilla, y perdió el sentido. Así la encontraron sus hermanos y Don Roque cuando más tarde llegaron para acabar de completar su infamia. La reanimaron como pudieron y cuando ella abrió los ojos sólo pudo decir una palabra:

—¡Asesinos!

Aquellos hombres, a pesar de que sabían de qué hablaba, se hicieron los desentendidos y dieron su propia versión de los hechos. Estaban seguros de que su padre no pudo haber ido hasta aquel lugar a decirle lo sucedido a Doña Martina.

Ella les relató la horrible visión que había tenido y los tres hombres prorrumpieron en carcajadas. Pero a los pocos minutos su terrible plan volvió a tomar curso, y así casaron a su hermana con Don Roque, con quien llevó una vida de infierno.

Doña Martina se convirtió en la criada de Don Roque, quien abusando de sus fuerzas azotaba cuanto podía a la pobre mujer. La mala vida y los continuos padecimientos al lado de aquel desalmado empezaron a minar las fuerzas de Doña Martina, que cayó gravemente enferma.

En su delirio hablaba de un naranjo y el muro que daba al norte de la casa. En tanto, Don Tomás y Don Garcés continuaban derrochando el dinero a manos llenas, y cuando el caudal empezó a mermarse demasiado, se culparon entre sí.

Los excesos en los que vivían los habían dejado casi en la ruina. Y al poco tiempo comenzaron a discutir por los pocos bienes que les quedaban. Disputaban a menudo, hasta que cierto día la puerta se abrió repentinamente y un frío abrumador penetró en el recinto.

—¡Malditos son, hijos! —dijo una voz—. Me han negado la posibilidad de reconciliarme con Dios, y no tendré paz nunca; pero ustedes tampoco la tendrán.

Ambos jóvenes se atemorizaron cuando vieron en el recinto cómo se formaba un macabro espectro, tan borroso como el humo.

—El miedo que ahora sienten no es nada con lo que ahora les espera —dijo el espectro—. Uno de ustedes morirá al buscar un tesoro del que no tenían noticias, porque lo escondí donde nadie podrá hallarlo.

Estas palabras inquietaron a los codiciosos muchachos, que sin pensarlo le pidieron que les dijera el secreto a cambio de mandar oficiar unas misas para el eterno descanso de su alma.

Fue entonces cuando aquel espectro de humo tomó forma humana. Los jóvenes se asustaron al mirar frente a ellos al espíritu de su padre, que poco a poco fue desapareciendo en aquella nube que lo rodeaba.

Cuando se disipó aquella neblina pestilente, ambos tuvieron el mismo pensamiento.

—El tesoro —dijeron ambos.

De esta manera resolvieron ir en busca del tesoro y repartirlo, pero cada quien tenía ya pensamientos malignos. Fue un verdadero frenesí el empeño que ambos pusieron en la búsqueda de la riqueza escondida. Aunque los dos parecían marchar de acuerdo, lo cierto era que ambos planeaban traicionarse.

Y cuentan las crónicas que una noche mientras dormían, Don Garcés sintió una presencia fétida a su lado; se trataba de su padre, pero esta vez reprimió su miedo al tiempo en que avivaba su codicia. El espíritu de Don Blas le pidió que lo siguiera, dirigiendo al muchacho hasta el jardín, donde le mostró una trampa que conducía a una galería secreta. Don Garcés avanzó en aquel recinto en donde el aire se sentía pesado.

—¡Ahí! —dijo el espectro—. Desciende por la escalera.

Al llegar al fondo de la galería, la espectral mano de Don Blas señaló los tabiques de un muro. Como si la Providencia se lo hubiera enviado, Don Garcés encontró ahí mismo un pico con el que empezó a derribar la pared.

Pero no había dado arriba de media docena de golpes sobre el muro, cuando sobrevino la catástrofe. El estrépito fue tal, que Don Tomás acudió de inmediato al lugar del siniestro.

—¡Auxilio! —dijo su hermano—. Me ahogo.

Don Tomás comprendió que se trataba de la venganza de su padre, ya que su hermano se había dejado llevar por la codicia, encontrando una muerte similar a la del viejo. Por ello, en lugar de auxiliar a su hermano, que todavía se encontraba con vida, lanzó una terrible carcajada, y para asegurarse de su muerte, tapó el último vestigio que asomaba de la vida de aquel desdichado hombre.

—Ya te puedes pudrir ahí, hermano —dijo Don Tomás—, esto es señal de que mi padre me quiere rico a mí y no a ti.

Pero en cuanto arrojó la primera palada, un terrible viento erizó sus cabellos. El espectro de su padre se apareció ante él diciendo:

—El primero de mis asesinos ha tenido un fin similar al mío.

Don Tomás creyó morir de espanto al ver flotar por el aire el rostro cadavérico de su padre. Pero aquel ser no cobró la vida de su segundo hijo traidor, sino que le advirtió que le daría su tesoro al último hijo que le quedara. Así, Don Tomás pudo comprender que debía liquidar a su hermana.

Por lo que al día siguiente fue a visitar a la única persona que se interponía entre el tesoro y él; al llegar a su casa, creyó que la suerte estaba de su lado al saber que Doña Martina se encontraba grave; pero además, Don Cayetano, el médico, lo puso al tanto de las palabras que decía en sus delirios.

—El naranjo y el muro del norte —repitió en contadas ocasiones Don Cayetano—. ¿Ves?, no tiene ningún sentido.

Don Tomás ya daba por hecho que su hermana moriría y que él sería el dueño del tesoro. Pero Don Roque, que vivía embriagado desde el día en que tomó posesión de la fortuna de Doña Martina, notó algo extraño en la conducta del joven y decidió seguirlo.

Miró cómo el joven Santiesteban penetró en el patio de la casa de La Soledad, pero en su apresuramiento no aseguró bien la puerta y Don Roque pudo seguirlo hasta ahí. Los ojos del malvado esposo de Doña Martina se abrieron desmesuradamente al ver cómo Don Tomás extraía del hoyo que había excavado un pesado cofre.

Tomás había logrado abrir el cofre y se extasiaba ante el dinero y las joyas. Absorto en la contemplación de su hallazgo, no advirtió que Don Roque se le acercaba por atrás para golpearlo con saña en la cabeza.

Pero una voz hueca y cavernosa se dejó oír a sus espaldas. Se trataba del espíritu de Don Blas. El hombre se dejó caer al piso al mirar la terrible aparición.

—¡No, no!, ¡tú estás muerto! —dijo Don Roque.

Roque de Griera llegó hasta el fondo del patio y quedó acorralado por aquel espectro que avanzaba más y más hacia él. La bruma pestilente que rodeaba el alma condenada del avaro empezó a envolver a Don Roque

impidiéndole respirar. Presa de desesperante angustia, sentía asfixiarse por momentos, los ojos se le saltaban y la fétida nube se hacía cada vez más densa.

Al cabo de unos minutos, rodó sin vida, permaneciendo en su rostro aquella horrible expresión de desesperación y terror ocasionada por la asfixia. Así fue hallado su cadáver junto a un cofre repleto de fabulosas riquezas, y presentando un misterio que hubiera sido indescifrable, si Doña Martina, repuesta más tarde de su dolencia, no hubiera denunciado los hechos a las autoridades.

Lo último que se supo de la única descendencia de Don Blas es que regresó a vivir a la Nueva Galicia, donde donó aquella fabulosa fortuna a la iglesia con el fin de descargar la pena de su padre. Ella se volvió religiosa y nunca más volvió a la casa de La Soledad.

LA MANO MALDITA

Durante la Colonia se construyeron muchas haciendas que albergaban a cientos de españoles que llegaron a vivir al Nuevo Continente, y no era extraño enterarse de que éstos les daban un mal trato a sus trabajadores. Pero se sabe que ninguno era tan exigente y despiadado como Don Manuel Romero, dueño de la hacienda más hermosa de Puebla.

Se cuenta que cierto día llegó a la hacienda un muchacho en busca de trabajo. Don Manuel no dudó en contratarlo, ya que se dice que el joven era de muy buen cuerpo y demasiado alto. Así, Pablo cumplía a la perfección con las tareas encomendadas.

Pero conforme pasaban los días, éste se iba dando cuenta del excesivo maltrato del que eran víctimas los demás trabajadores, así como la injusta cantidad que se les pagaba como jornal. Vivían con muchas carencias y los lugares que habitaban eran completamente insalubres, además de que cuando se enfermaban, nadie podía hacer nada para ayudarlos, por lo que muchos morían.

El muchacho se encontraba molesto por las condiciones de trabajo y el hambre que aquejaba cada vez con mayor intensidad a la población. Por lo que cierto día entró y hurtó unos panes para poder dárselos a unos niños que morían de hambre. Esto llegó a oídos del patrón, que lo consideró un traidor.

Don Manuel, enfurecido, se dirigió a la choza de los campesinos beneficiados y los obligó a que le dijeran quién les había dado aquellos panes. Pero las personas, aunque estaban asustadas, no dijeron palabra alguna, situación que molestó más al cruel español, que terminó matando a golpes al jefe de familia.

Desde entonces, dicen, se desencadenó la tragedia, ya que en ese preciso instante apareció Pablo alegando que él había sido el benefactor. Don Manuel, iracundo, tomó al muchacho del brazo y lo mandó golpear al tiempo en que lo amarraban dejándolo al sol.

Don Manuel, que no soportaba el desorden, quiso darle una lección al joven, así que tomó su machete y sin piedad cortó la mano derecha de Pablo, quien dio terribles gritos de dolor. Y para no alborotar más a los trabajadores, les dijo que había despedido al desobediente muchacho. Lo cierto es que lo había llevado a un llano lejano donde fue asesinado, enterrando su cuerpo en aquel lugar desolado.

Todo volvió a la "normalidad". Don Manuel continuó con los maltratos, y se dice que hasta perdió la poca paciencia que le quedaba, por lo que cada día era más insoportable trabajar en aquella hacienda.

Así transcurrieron seis años, hasta que cierto día Don Manuel escuchó un fuerte golpe que provenía de su escritorio, pero sin darle importancia continuó ideando los nuevos castigos que les impondría a sus trabajadores, que según él ya comenzaban a rebelarse. Aquellos golpes continuaron con mayor intensidad, y cuál no fue su horror cuando al abrir el cajón vio claramente cómo una mano saltó sobre él. Don Manuel cerró los ojos y al abrirlos nuevamente, la mano había desaparecido.

En vano pidió que todos los trabajadores buscaran aquella mano, pero nadie pudo encontrarla por ninguna parte. Don Manuel estaba seguro de que le estaban tendiendo una trampa. Y más enfurecido que antes mandó castigar a cuanto sospechoso le venía en mente.

Esa misma noche la mano volvió a aparecerse, pero esta vez en sus aposentos. Desde aquel día Don Manuel amanecía con una palidez preocupante y su ánimo y desconfianza delataban que algo malo le estaba ocurriendo. Se dice que las apariciones no cesaron y que por el contrario, Don Manuel murió a los pocos días, víctima de un aparente estrangulamiento, que sólo dejó la huella de una sola mano.

El barrio de los encadenados

En el año de 1686, cuando era virrey de la Nueva España Don Francisco Portocarrero Lasso de la Vega, conde de la Manclova, comenzaron las apariciones de "El encadenado", como popularmente lo llamó la gente. Este espeluznante ser se revelaba con frecuencia en el barrio de San Álvaro, de la antigua ciudad de Tlacopan, hoy conocida como Tacuba. Y fue precisamente en las crónicas donde se relacionó a este espectro con el virrey...

Cuentan que todo comenzó en aquel poblado donde vivía cierto herrero de apellido Rosado; era un anciano miserable de aspecto inofensivo. Era conocido entre los vecinos como bueno y honrado; sin embargo, los niños y los animales le tenían miedo, por lo que sólo frecuentaban su local algunos clientes.

Pero hacía tiempo que el virrey frecuentaba a Rosado, no precisamente para que le hiciera trabajos de herrería. Quizá él era uno de los pocos que sabían que el herrero tenía un cobertizo en el patio.

Cierta noche de luna llena Rosado dejó su vivienda y se aventuró por las callejuelas de San Álvaro hasta las afueras de la ciudad. Caminó hasta una cueva que existía en la colina más cercana. Nadie sabía lo que Rosado hacía en ella, pero lo cierto era que algunos de sus clientes gritaban de dolor.

Fue así como Don Francisco comenzó a cojear desde esa noche. El viejo Rosado le había advertido que si el dolor lo aquejaba sería la señal de que tendría el amor de Doña María. Ella había sido requerida por este caballero, pero la decisión de sus padres era enclaustrarla. Aquel día su actitud hacia Don Francisco fue distinta.

Doña María le permitió acompañarla camino a casa, y más tarde la obstinada joven desafió a su padre, negándose a ingresar al convento. El padre enfurecido envió a la joven a confesarse, pero lejos de hacerlo, se dirigió a la casa de Don Francisco. Mientras tanto éste tenía que pagar cada vez más alto el trabajo de Rosado. Pero no era el único que había entregado su alma al diablo, ya que Don Rodrigo lo había hecho a cambio de riquezas y Doña Serafina consiguió que su marido regresara a su lado.

Ante todos estos logros comenzaron a abundar los clientes en el local de Rosado. Así, los mancos y los cojos empezaron a abundar en el barrio. Cuando se cruzaban en la calle no podían menos que mirarse entre sí sabiendo que habían cambiado su extremidad por el deseo que tanto anhelaban.

Y si bien habían disfrutado de lo concedido, pronto se sintieron atemorizados y con un pánico de morir que los hacía actuar como locos. Algo parecido se desarrollaba en la casa de Doña Serafina. Sus temores a morir acrecentaban la molestia de Don Miguel, su esposo.

—Si continúas con ese temor absurdo, me veré en la necesidad de abandonarte —dijo Don Miguel.

Dona Serafina, enfurecida, respondió:

—El día que me abandones, te caerá del cielo un rayo para matarte.

Pero Don Miguel, sin reparar en lo dicho, un día decidió dejarla. Subió a su carruaje, y no bien había atravesado unos cuantas calles, cuando los caballos desbocaron y perdió el control de la carreta, sobreviniendo de inmediato la tragedia. Más tarde Doña Serafina recibió el cadáver de su marido.

Así, Don Rodrigo de Burgos no salía a la calle por temor de sufrir un accidente. Apenas si probaba la comida temiendo que algunos de sus empleados lo envenenaran.

Y como aquellos tres, muchos otros habitantes de San Álvaro vivían aterrorizados con un extraño miedo colectivo de morirse.

—Todos sabemos la verdad: Rosado es el culpable —se decía en el pueblo.

—Sí, con sus malas artes nos hizo sucumbir a la tentación.

Fue entonces cuando una legión de empavorecidos baldados se lanzó por las calles en busca de Rosado, el herrero, quien al verlos venir trató de emprender la huída, pero le cerraron el paso por ambos lados de la calle. Inútil fue pensar en huir por el traspatio, porque la primera pedrada golpeó fuertemente su cabeza.

Y en seguida sintió innumerables garrotazos y puñaladas. Cuando el brujo estaba en tierra, incapaz de defenderse y con la sangre brotando, alguien exclamó:

—¡A la barranca con él, que no quede vagando su alma por aquí!

Rosado estaba agonizando cuando la turba enfurecida lo arrastró sin piedad hasta las afueras de la ciudad. Por primera vez en mucho tiempo no tuvieron miedo de aproximarse a las cuevas, ni ante el aullido de los coyotes, que no cesaba. Pronto estuvieron en lo alto del barranco.

Desde ahí despeñaron a Rosado, quien rodó cuesta abajo dando tumbos y destrozándose el cráneo al estrellarse contra las afiladas piedras. Aún no satisfechos de esta barbarie, regresaron a la vivienda de Rosado y registraron todas sus pertenencias.

A la mañana siguiente el padre Bermúdez se aterrorizó al ver la vivienda destrozada, pero su asombro creció al ver cientos de monedas de oro regadas en el piso. Pronto en el pueblo se corrió la noticia de que el "nagual", como todos lo llamaban, había muerto.

El Santo Oficio atendió la demanda del padre y mandó sellar la vivienda de Rosado. San Álvaro vivió unos días de tranquilidad, pero cuando la luna llena llegó y los coyotes aullaron, fueron muchos los testigos de aquel prodigio aterrador que se apareció entonces.

—¡Miren, una aparición!

Aquel espectro recorrió algunas calles y por fin se detuvo ante la casa de Don Francisco Portocarrero. El virrey sintió que los cabellos se le erizaban al oír esa voz hueca y cavernosa que gritaba afuera.

Aquel portón no fue suficiente para detener el ánima errante; sus pasos se escuchaban atravesando el patio iluminado por la luna. Un temblor helado acometió a Don Francisco, que presintió la verdad.

—¡Viene por mí! —dijo el infortunado.

Los pasos se aproximaban a Don Francisco, lo que obligó a su esposa a que se encerrara bajo llave. Pronto se vio ante el fantasma, que arrastrando una cadena, lo miraba amenazador.

—¡He venido por ti, Francisco Portocarrero!

El señor de la Vega retrocedió aterrorizado mientras veía la descarnada mano acercarse.

—¡No! —gritó el virrey—. No me lleves, yo puedo seguir llevando almas a Satanás, déjame vivir.

—Demasiado tarde —dijo el espectro—. Pediste el amor de Doña María a cambio de tu alma.

La esquelética mano de Rosado se clavó en el brazo del condenado. Doña María acudió a auxiliar a su marido, pero no pudo soportar tal escena y se desplomó sin sentido.

Atendida por sus criados lo recobró poco después, pero había perdido la razón para siempre. Algunos decían que no había soportado la muerte de su marido. Al querer amortajar a Don Francisco descubrieron una cadena que ataba su tobillo; al querérsela quitar, ésta se adhería a su carne.

Cuentan que cuando volvió a brillar la luna llena, Rosado apareció de nuevo en el barrio sembrando el terror entre los pobladores. Todos atestiguaron que tras esa noche Doña María amaneció muerta y con un tobillo encadenado.

La misma suerte corrió Don Rodrigo de Burgos, cuya mano lució al día siguiente de su muerte otra cadena adherida a su muñeca. Así uno a uno todos los participantes en el linchamiento de Rosado fueron padeciendo una muerte igual.

El viejo herrero se dejaba ver en las noches de luna llena, sembrando pánico entre los habitantes, quienes aseguraban que aquel fantasma se perdía en la cueva.

Todas estas muertes llegaron a oídos del padre Bermúdez, quien sin pensarlo esperó a que cayera la noche para enfrentarse al espectro.

—¡En el nombre de Dios, deténte! —dijo el padre levantando una cruz—. Te ordeno que me digas por qué tu alma pena.

Al no recibir respuesta del espectro, el padre extrajo de su sotana un frasco de agua bendita que arrojó sobre el maléfico ser. El sacerdote logró que desapareciera de su vista unos instantes; luego lo vio huyendo hacia las afueras.

La luz de la luna destacaba su silueta poco después en una colina, pero el padre Bermúdez, quien estaba decidido a acabar con el ser, lo persiguió diciendo:

—¡Acabaré contigo!

El clérigo pudo ver cómo desaparecía en el interior de la cueva. Y desechando todo temor, avanzó hasta la boca de aquel oscuro escondrijo. Del interior provenían una luz verde y voces de personas.

Sin más armas que su cruz, el sacerdote penetró en el tétrico recinto, mientras los lamentos se hacían más claros. Y ante los ojos de éste se presentó un escalofriante espectáculo.

Una legión de espectros, encadenados unos a otros, se quejaban y blasfemaban de modo impresionante. La crónica afirma que el padre Bermúdez salió despavorido de aquel infierno, pero al llegar al pueblo fue tomado por un loco y confinado al manicomio.

También se cuenta que el espíritu de Rosado acabó su infernal tarea de recoger a todos los encadenados, y que después se les veía vagar y lamentarse por las colinas en las noches de luna llena.

Esta espeluznante historia pudo ser contada una vez más por el padre Bermúdez, quien antes de morir ratificó todo con lujo de detalles. Años más tarde, cuando el Santo Oficio se enteró de lo ocurrido, no sólo bendijo la cueva sino que además mandó quemar la vivienda del viejo nagual.

Pero para hacer más completo este relato, sabemos que el retrato del virrey Portocarrero dejaba mostrar a un hombre de aspecto duro y sin un brazo. Lo que no sabemos es si perdió esta extremidad en un combate, o si en realidad se la ofreció al demonio a cambio de otro favor.

LA ESQUINA DEL DEGOLLADO

En el año de 1612 se comenzó a hablar del horrible ser que se aparecía en la esquina de la Pila Seca. Y aunque muchas historias se imaginaron alrededor de este suceso, sólo una era la que más se acercaba a la realidad del hecho...

Se dice que la primera que presenció la aparición fue Doña Beatriz de Bobadilla, hija del oficial real Don Martín.

Cuentan que aquella noche la joven se sentó en la pila a llorar por su amado, quien aún no llegaba al lugar fijado. Fue entonces cuando a sus oídos llegó un gemido triste que la hizo volverse asustada.

—Por piedad, ayúdenme —dijo la joven, al momento que salió despavorida del lugar.

A los pocos pasos se topó con un caballero que al reconocerla le ofreció acompañarla hasta su casa. La joven no pudo contenerse más y estalló en llanto, y no

era para menos, hacía tiempo que su corazón estaba entregado a Don Fernando de Maldonado, pero su padre ya la había comprometido en matrimonio con Don Matías, a quien precisamente encontró esa noche en la oscuridad de la calle, y al cual tenía frente a ella acariciándole el rostro, pidiendo que le contara lo ocurrido.

Ella creía en la bondad de aquel hombre, pero éste más bien escondía una terrible sonrisa. Y haciendo gala de toda su caballerosidad, él mismo disculpó a la joven ante su perplejo padre, Don Martín de Bobadilla.

—Espero que no le moleste mi ligereza por haber retenido a su hija hasta estas altas horas de la noche —dijo el caballero.

La dama no esperó más y se disculpó para luego retirarse a su habitación, mientras escuchaba con tristeza las palabras de aquel hombre, quien abusando de su prestigio le pedía a su padre que adelantaran la boda.

Motivo por el cual, Doña Beatriz se encerró en su alcoba y dio rienda suelta a su dolor. Presa de los más terribles recuerdos, atormentaba su corazón al imaginarse nuevamente con su amado, le reprochaba en mente el por qué no había llegado a la cita. Hacía tiempo que realizaban sus entrevistas clandestinas en el hermoso bosque de Chapultepec, alejados de las miradas indiscretas.

Aquel hombre había sido su primer y único amor, aunque bien sabía que era imposible que su padre le permitiera contraer nupcias con él, ya que apenas cursaba la universidad. Hacía apenas unos días que le había comunicado la terrible noticia a su amado, de que su padre la había comprometido, Don Fernando y al parecer se había olvidado de la cita, o al menos eso pensaba al ver que no acudió esa noche.

La joven no paraba de llorar al recordar también, que esa misma noche huirían juntos, por lo que en realidad su cabeza y corazón atravesaban por un verdadero desafío al no saber qué le había pasado a Fernando. Los ojos de Beatriz estaban cubiertos de lágrimas, al tiempo que se decía:

"¿Por qué no acudiste? ¿Por qué?"

Las ventanas de la habitación se estremecieron al comenzar a soplar un viento terrible, por lo que la dama se levantó para asegurarlas. En el momento en que aproximó la cara a los cristales, lanzó un grito de horror.

"¡No! ¡Un ser maléfico está en mi ventana!"

Pero el obstinado espectro se acercó más diciendo:

—Beatriz, escúchame, soy yo.

La joven asombrada se dijo: "Ha pronunciado mi nombre", al momento en que soltó un incontenible llanto.

Doña Beatriz quiso abrir la ventana, pero aquel ser se fue alejando hasta perderse completamente en la oscuridad de la noche. Y sin poder resistir más aquellas impresiones, cayó desmayada.

Aquella pobre mujer ignoraba que aquel siniestro ser se trataba en realidad de su amado Don Fernando, quien días atrás estaba tan ilusionado por la huída que emprenderían, pero que nunca se imaginó que Don Matías, siendo un hombre celoso y poderoso, mandó vigilar a la joven, dándose cuenta de los amores que tenía con el muchacho, y que además no había sido casualidad el habérselo encontrado aquella noche a unas calles de la pila, ya que él había sido quien impidió que el joven enamorado llegara a su cita, hundiéndole sin piedad su espada en el pecho, cuando el reloj de la iglesia marcaba las ocho en punto, hora en que debían fugarse.

El joven sólo pudo pronunciar sus últimas palabras destinadas a su amada mujer, pero Don Matías encolerizado lo tomó de la cabeza y la cortó de un solo tajo. Aún estaba ensangrentada cuando el despiadado hombre la lanzó a la acequia más cercana, y sin perder más tiempo se lanzó al encuentro de la desconsolada mujer.

Así, sin darse cuenta de que su acompañante era el causante de sus desgracias, Doña Beatriz aceptó que la escoltara a casa. Mientras que esa noche Don Matías se encontraba celebrando su triunfo.

Desde entonces Doña Beatriz cayó en una profunda melancolía que mucho alarmó a su padre. La joven iba todas las tardes al rosario, con la única finalidad de encontrarse con su amado, pero aquello no sucedía, por lo que su corazón se fraccionaba a cada momento.

Asistía además, al lugar donde solía encontrarse con Don Fernando, pero un gran vacío se apoderaba de su corazón, partiendo en dos su alma. Por si fuera poco, aquel tormento se aparecía todas las noches en cuanto se disponía a dormir.

—¡No!, ¿qué quieres de mí? —decía la joven con angustia.

Aquellos gritos siempre llamaban la atención de las criadas, quienes acudían de inmediato a ver qué le sucedía a la demacrada mujer.

—Está ahí —decía mientras señalaba una esquina de la habitación.

Pero nada podían ver aquellas pobres mujeres, que creían que la joven estaba enloqueciendo. Sin embargo, no sólo Doña Beatriz era testigo de aquella temible aparición, ya que los que acertaban pasar a altas horas de la noche por la Pila Seca, lo veían también.

Había quien, sin poder resistir la impresión, perdía el sentido. Incluso la ronda también fue testigo de aquel extraordinario hecho, pero no se atrevía a acercarse, sino que rodeaba el lugar, yéndose por otras calles.

Y no faltó quien avisara en el templo lo que ocurría en la esquina de la Pila Seca, pero el clero escuchaba los relatos con incredulidad.

Así, llegó la víspera de la boda de Doña Beatriz con Don Matías. La joven sentía morirse, y sólo quiso estar encerrada empapada en llanto.

"Fernando, ingrato amado —se decía—, ¿cómo pudiste dejarme?

Pero al poco rato las ventanas comenzaron a estremecerse y una ráfaga helada la envolvió al tiempo que la voz hueca y sepulcral de todas las noches llenaba el recinto.

—Yo acudía a la cita, cuando el acero de un asesino acabó con mi vida.

Doña Beatriz escuchó con claridad aquellas palabras y sus ojos se llenaron de esperanza.

—¡Eres tú Fernando! —dijo la joven—. Si eres tú, ¿cómo he de vivir sin ti?

—Ven conmigo a la Pila Seca y te llevaré a donde nadie nunca nos podrá separar —replicó el espectro.

Doña Beatriz estaba enloquecida de angustia cuando penetraron las sirvientas en el recinto. Pero la dama estaba decidida a salir a la calle, y fue muy difícil para su padre el disuadirla. Éste ordenó a un sirviente que acudiera a casa de Don Matías para informarle que lo más conveniente era aplazar la boda hasta que Doña Beatriz recuperara el juicio. Pero Don Matías enfurecido se presentó en la casa de la joven, acordando contraer nupcias al día siguiente.

Cuentan las crónicas que tras largos esfuerzos lograron calmar a Doña Beatriz, y al día siguiente se llevó a cabo la ceremonia nupcial. Partieron ese mismo día a Coyoacán para instalarse en la casa palaciega de Don Matías de Valero, pero la joven no salía de su habitación ni para probar alimento.

Los días pasaban y como no recibía respuesta, Don Matías intentó forzar la puerta de la alcoba, pero la encontró fuertemente asegurada. Doña Beatriz parecía no escucharlo, ya que ante ella estaba nuevamente la cabeza del degollado, a quien escuchaba con gran atención.

Poco después, en la Pila Seca un clérigo veía también aquella terrible aparición que decía sin cesar:

—No podré descansar hasta que mi amada Beatriz esté aquí conmigo.

Inútiles fueron los intentos de la iglesia por detener las apariciones, ya que aunque sepultaron el cuerpo del difunto, al poco rato el degollado volvía a aparecerse en la Pila Seca.

La gente comenzó a conocer aquella esquina como la "Esquina del degollado", y en vano eran todos los esfuerzos por cesar las constantes apariciones. Aunque se bendijo el lugar y se mandaron decir varias misas en sufragio de su alma, noche con noche la macabra cabeza se aparecía en aquel lugar.

Pero mientras esto ocurría en la Pila Seca, en Coyoacán, Don Matías había llegado al límite de su resistencia y, enloquecido de celos, habló de lo que había callado.

—Enterado estoy de tu deshonor. Antes de ser mi esposa entregaste tu amor a otro hombre.

Al ver aquella terrible mirada, Doña Beatriz comprendió que él había sido el asesino, por lo que se desplomó en llanto. Aterrorizada la joven logró escaparse de su marido y emprendió la carrera hacia su habitación.

Don Matías furioso corrió tras de ella y la encerró al momento en que le decía:

—Esta noche vendré a buscarte, amada mía —soltó entre carcajadas.

Al llegar la noche, cenó solo de nuevo, pronunciando maldiciones y llenando su copa con vino en varias ocasiones. Tambaleándose de borracho caminó por el corredor que conducía a la habitación de su esposa.

Con dificultad introdujo la llave en la cerradura de la puerta. Y cuando al fin pudo abrirla, sus ojos se abrieron al ver ante él la cabeza de su obstinado rival.

—¡Asesino! —dijo la cabeza de Don Fernando.

Aterrorizado Don Matías corrió por la casa dando gritos ensordecedores, sintiendo sobre sí las acusadoras miradas del degollado. Al llegar a la escalera de piedra, perdió el paso y rodó dando tumbos hasta estrellarse de cabeza en el suelo.

Los criados acudieron al momento, pero nada pudieron hacer por aquel desdichado hombre, ya que murió al instante dejando mostrar un rostro de terror. En ese momento Doña Beatriz atravesó el recinto hasta salir de la casa como si estuviera hipnotizada.

Iba a encontrarse al fin con su amado sin importarle la gran distancia que tendría que recorrer para llegar a la Pila Seca desde Coyoacán.

Finalmente se cuenta que la noche del 10 de mayo de 1613, todos los habitantes de Coyoacán vieron pasar a aquella mujer que parecía seguir algo en un profundo sueño. Aquella caminata concluyó al amanecer, justo cuando hicieron el terrible hallazgo: Doña Beatriz se encontraba al pie de la pila sin vida, con la única señal de que sus zapatos estaban destrozados, seña que avalaba las versiones anteriores.

Cuentan que desde aquella noche dejó de aparecerse el degollado en la Pila Seca, pero por mucho tiempo se designó a aquella esquina con ese nombre; con el paso de los años la gente la volvió a llamar simplemente la Pila Seca.

La bruja de Durango

Cuenta la leyenda que allá por el año de 1645 vivía en Durango una bruja de nombre Paz, quien era verdaderamente una mujer resentida con la vida, al punto de que estaba cansada de que nadie creyera en los poderes que decía tener.

Harta de su situación, se le ocurrió organizar una revuelta contra el gobierno, y para dicho fin convocó a los líderes de los indígenas de la región del Tizonazo, creyendo que con ello podría recuperar su poder. Por medio de artimañas logró convencer a estos hombres de que tenía un poder indestructible y que con él acabarían por vencer a sus enemigos.

Todo salió tan bien, que los sublevados quisieron hacer su propio gabinete. Nombraron jefe a Jerónimo Morante, un indígena perverso y malicioso. El cargo de capitán fue designado a Nicolás, a quien sobrenombraban "Liebre" debido a su gran habilidad. Pero el personaje más importante era Doña Paz, quien ordenaba realizar las fechorías más crueles de la región, siendo los perjudicados todos aquellos indígenas y españoles que no habían querido pertenecer a su gabinete.

La revuelta fue tan grave que el gobernador de Durango pidió a los indígenas que entregaran a sus jefes, pero nadie se sentía capaz de traicionar a la bruja. Hasta que finalmente "Liebre" lo hizo y Doña Paz no sólo fue arrestada sino que fue sentenciada a la pena máxima, que era morir.

Mucho se tardaron en acordar la forma en que moriría aquella mujer. Lapidarla fue una de las primeras opiniones, mientras que otros decían que ahorcarla sería poco para ella, y otros tantos que el cortarla sería lo ideal. Así, la ejecución se pospuso; mientras, los sublevados continuaban matando a cuanto español se encontraban enfrente.

Se dice que se necesitaron grandes esfuerzos para apaciguar la revuelta, y una vez impuesta nuevamente la calma, se volvió a pensar en la manera en que sería sentenciada la bruja. El primer intento recayó en un veneno. No faltó quien asegurara que éste le propinaría una muerte atroz, pero aquella sustancia no le hizo el menor efecto.

También se les ocurrió darle una bebida que contuviera vidrio molido, pero el mortal líquido tampoco le hizo ningún efecto. Por tal motivo, fue condenada a la horca, y se cuenta que antes de su muerte, la bruja Doña Paz lanzó una maldición que cayó a todos los moradores presentes en la sentencia, y que desde aquel día había quienes la veían pasar volando echando maldiciones, mismas que se fueron borrando con el tiempo.

Y aunque esta historia es popular en Durango, no existe ningún documento que avale la autenticidad de los hechos, pero estamos seguros que de haber sido cierta la leyenda, los pobladores de Durango se tardaron muchos años en olvidar a aquella terrible mujer.

El espantoso

La calle que hoy conocemos como Segunda de Pino Suárez, mucho tiempo fue conocida como la calle del "Espantoso", por un hecho trágico que ocurrió en 1581, año en que recibía el nombre de Nuestra Señora del Rosario.

En aquel lugar vivía Don Santiago de Salcedo y Romo, un rico descendiente de uno de los soldados que llegaron a tierras mexicanas con Pánfilo de Narváez, pero como la mayoría de los hacendados de la Colonia, abusaba de su poder y era cruel y déspota con los indígenas.

Cierta noche en que celebraba un acontecimiento, apareció ante él una hermosa dama que levantaba sospechas a los criados, pero Don Santiago la reconoció en seguida, sintiéndose dichoso de tenerla en su hogar.

—¡Doña Ana! —dijo haciendo un acto de reverencia propia de un caballero—, es una ventura tenerla en mi casa.

La joven se acercó con el rostro casi cubierto.

—Ruego me acompañe, señor. Me encuentro en problemas y sé que es usted una persona de confianza.

Era el mes de noviembre y soplaba un viento frío por las calles, pero eso no le importó al caballero, que en cuestión de segundos se encontraba detrás de la bella dama. Hacía tiempo que anhelaba el amor de aquella mujer, por lo que se sentía dichoso de tenerla frente a él pidiéndole su ayuda.

La dama condujo a Don Santiago más allá de la Plaza Mayor, en dirección a Santo Domingo, donde finalmente se detuvo al pie de una casa.

—Haga el favor de llamar a la puerta —dijo ella señalando el portón.

Pero antes de que el caballero pudiera hacerlo, éste se abrió de par en par. Ligeramente intrigado, el señor de Salcedo y Romo siguió a Doña Ana a través del espacioso patio y por fin penetraron en un oscuro recinto.

En vano le pidió en dos ocasiones que le dijera de qué se trataba, porque Doña Ana sólo le decía que esperara. Ella encendió una vela y fue cuando ante los ojos de Don Santiago algo le erizó los cabellos.

—¡No puede ser! —dijo gritando.

Aquellos espectrales seres le hablaron.

—No tema, Don Santiago, ya lo estábamos esperando. Ahora nos toca a nosotros juzgarlo.

Sintiendo enloquecer de pavor, Don Santiago trató de ganar la puerta, pero Doña Ana le cerró el paso.

—Regrese a escuchar la sentencia de sus acusadores, Don Santiago; no puede salir —dijo la joven tomándolo del brazo.

Enloquecido el hombre, quiso apartar a Doña Ana de la puerta, pero entre el forcejeo cayó el velo de la dama, que dejó ver finalmente su descarnado rostro.

—¡No! —gritó el hombre con horror—. ¡Desaparezcan, seres descarnados! ¡Váyanse de mi vista!

El espíritu de Doña Ana tomó nuevamente el brazo del caballero, que sintiéndose desfallecer soportaba el halo frío de aquel lugar. A los pocos segundos cayó desplomado en el suelo. Muchas horas debió permanecer así, pues cuando volvió a tener conciencia de sí mismo empezaba a amanecer.

A la luz de la mañana, el recinto presentaba igual aspecto. Al fondo estaba la mesa en la que se encontraban aquellos seres infernales.

"Si lo soñé, ¿cómo habré llegado hasta aquí?", se preguntó, mientras se incorporaba.

Esta vez no hubo nada que le impidiera huir del lugar. El portero del convento de Santo Domingo, a donde se refugió, escuchaba con asombro el relato que Don Santiago le refería. Debido a la gravedad del caso y con el agitado ritmo que llevaba todavía el caballero, fue conducido a una celda donde podía permanecer hasta que se tranquilizara.

Estando allí, los recuerdos se hicieron cada vez más claros, y fue así como recordó que una de las voces de aquellos espeluznantes seres se parecía a la de fray Sebastián, abnegado protector de los indígenas que luchó contra las crueldades de los encomenderos.

Aquel recuerdo lo llevó a algunos anteriores, cuando el fraile estaba vivo. Y él se encargaba de descargar su látigo contra los indígenas ante la presencia del franciscano. Sin poder evitarlo, fray Sebastián veía cómo este hombre fustigaba a sus esclavos hasta hacerlos caer sin sentido.

Y con gran abnegación, el religioso auxiliaba después a aquellos desgraciados curándoles las heridas y confortándolos con sus consuelos. El padre sufría y oraba por aquellos infelices, sabiendo que nada podía hacer para protegerlos del malvado encomendero.

Pero los desmanes de Don Santiago fueron en aumento, además de maltratar a los indígenas, se hacía llevar jóvenes esclavas a sus aposentos. Y cuantas veces fray Sebastián había querido poner aquello en conocimiento de las autoridades, tropezaba con grandes obstáculos.

El religioso tenía amistad con la familia del regidor Don Juan de Carvajal y Velasco, a quien enteró de su preocupación. Pero a pesar de que Don Juan habló con el virrey, poco pudo conseguir para hacerle justicia.

Y aunque los cargos continuaron acumulándose contra el infame Santiago, el virrey Lorenzo Suárez de Mendoza no actuaba en contra de él. Ni la Inquisición se quiso hacer cargo de destituir a aquel malvado hombre.

Pero cierto día, una noticia llenó de júbilo al regidor y a fray Sebastián. Se trataba de una carta del virrey, quien pedía oidores para tomar juicio de residencia a Santiago de Salcedo y Romo.

Obviamente, Don Santiago, al enterarse de tal noticia, montó en cólera, destrozando todo lo que encontraba a su paso.

"Malditos —decía con furia—, mal nacidos. Ahora sabrán quién es Santiago de Salcedo y Romo."

Comenzó a sobornar a los oidores: a algunos con dinero y a otros tantos con amenazas. Pero ni todo eso le bastó para cuando habló con sus principales acusadores. Viendo Don Santiago que nada conseguía recurrió nuevamente a las amenazas, pero humillado dejó la casa de Don Juan, el regidor.

Esa misma noche, después de haber deliberado hasta muy tarde Don Juan y sus amigos, Don José de Gutiérrez dejó la casa del caballero para dirigirse a la suya en las cercanías de Santo Domingo.

Al doblar la esquina, un embozado le salió al paso. Y antes de que Don José pudiera desenvainar su espada, el asaltante se arrojó sobre él apuñalándolo sin piedad en el pecho. Antes de exhalar el último aliento, el señor de Gutiérrez pudo reconocer a su asesino.

El criminal tuvo tiempo de despojar a Don José de sus pertenencias, con el único fin de que el hecho pasara por un asalto. Y no se equivocó, al día siguiente se pregonaban lutos por Don José, muerto en un asalto.

La noticia consternó a todos los habitantes de la capital de la Nueva España, principalmente a Don Juan y a su hermosa hija Doña Ana.

—¡Padre, ha muerto mi prometido! —dijo la bella mujer.

Doña Ana cayó en cama aquejada de extraña dolencia debido a la impresión causada por la muerte de su prometido. Aseguraba que el espíritu de su prometido se le aparecía todas las noches como queriéndole decir algo, por tal motivo llamó en contadas ocasiones a su padre, quien finalmente pudo ver a su amigo descarnado.

Después de aquellas visiones, Doña Ana caía rendida en un sueño profundo, del que parecía no iba a despertar jamás. Pero una nueva desgracia vino a sumarse a la que padecía aquella casa. Una noche en que Doña Ana pareció entrar en agonía, Don Juan salió desesperado en busca del boticario más cercano.

Al atravesar la calzada a la altura de la Plaza Mayor, un carruaje surgió de las sombras, y sin que Don Juan pudiera evitarlo, lo arrolló con violencia. Aquel sujeto se dio a la fuga, mientras Don Juan agonizaba tirado en el empedrado.

También él alcanzó a ver el rostro de su agresor, pero no pudo decírselo a nadie. En ese preciso momento Doña Ana lanzaba un terrible alarido en su lecho. Fray Sebastián intentó consolarla, pero ella aseguraba que su padre se encontraba a su lado.

Después de esas palabras, Doña Ana cayó nuevamente en su lecho, pero esta vez sin vida. Al día siguiente se inició el juicio de residencia de Don Santiago de Salcedo y Romo. Por tal motivo, aquel hombre no se enteró que se hacían dobles funerales por Don Juan y su hermosa hija Doña Ana.

Los testigos presentados ese día habían sido sobornados por el señor de Salcedo y no presentaron cargo alguno en su contra.

Fray Sebastián fue llamado a comparecer al día siguiente, pero el sacerdote sabía que estaba solo contra

Don Santiago. Y nunca pudo saber cómo había penetrado al convento aquel malvado hombre, pero en cuanto lo tuvo frente a él, trató de defenderse. Y aunque quiso pedir auxilio, las manos de Don Santiago le habían atenazado el cuello impidiéndole emitir sonido alguno.

Cuando fray Sebastián hubo muerto, Don Santiago lo despojó del cordón de su hábito y con él lo colgó de una viga.

—Ahora son tres los testigos que tendrán que venir del más allá para acusarme —dijo Don Santiago con una sonrisa siniestra.

Y todavía cuando abandonó el convento, burlando la vigilancia de los franciscanos, iba maquinando nuevas infamias para consumar su venganza.

"Doña Ana está sola y sin prometido", decía para sí.

Cuando hallaron el cuerpo del fraile, lo creyeron suicida, negándole el derecho a reposar en el cementerio del convento.

Y de ese modo no hubo testigo de cargo en el juicio de Don Santiago, por lo que los oidores lo exculparon plenamente. Noticia que llenó de gozo el corazón del caballero, quien pasó el día entero celebrando el acontecimiento con amigos y mujeres.

Se retiró a su casa por la noche y fue cuando Doña Ana apareció ante sus ojos. Al recordar todo esto se sintió tranquilo en la celda del convento, pero a los poco minutos compareció ante él un sacerdote.

—Dispuesto estoy a escuchar su confesión —dijo el religioso.

—Disculpe, padre —replicó Don Santiago—, estoy muy nervioso aún y no puedo confesarme todavía.

Pidió además que lo dejaran quedarse en el convento, por lo menos hasta que recuperara del todo la razón. Pero su tormento se acrecentó, ya que por las noches aquellas ánimas errantes llegaban hasta su celda.

Razón por la cual su salud se resintió, presentando poco después un aspecto amarillento y enfermizo que alarmaba a los dominicos, quienes observaron durante varios días su conducta, llegando a la conclusión de que siempre se veía temeroso y angustiado.

Por las noches eran tan espantosos los alaridos del señor de Salcedo que los monjes temerosos de que estuviera loco, no acudían a auxiliarlo.

—Aseguremos su celda, no sea que se escape —dijo el padre prior al creerlo loco.

De esta manera, en lugar de tener algún escape, Don Santiago se veía solo y acosado por sus cuatro acusadores.

—Evadiste el juicio de los hombres, pero no podrás evadir el nuestro —dijo el espíritu de fray Sebastián.

—¡Déjenme salir! —gritaba con terror Don Santiago.

Pero aquellos gritos parecían estimular a las ánimas.

—Tus crímenes merecen la horca —decían con mirada amenazante.

—¡No, tengan piedad! —dijo el desdichado hombre.

—Piedad es lo que no tuviste con los indígenas que te imploraban —replicó el ánima de fray Sebastián.

Como aquellas escenas se repitieron noche tras noche, el Superior decidió poner el remedio. Por tal motivo le suplicó que se marchara del convento, pero Don Santiago sabía que si ponía un pie fuera del recinto sagrado algo muy grave le ocurriría, por lo que intentó suplicarle que lo dejara más tiempo, pero nada pudo conseguir. Esa tarde se apersonaron dos frailes juaninos en el convento de Santo Domingo con intenciones de llevárselo con ellos.

Con ayuda de otros hermanos lograron abrir la puerta de la celda donde el caballero se refugiaba. Y aunque les costó un gran trabajo sacar a Don Santiago, a los pocos minutos ya estaban en la calle cargando al enloquecido caballero.

Pero en cuanto las puertas del convento de Santo Domingo se cerraron, dejó de poner resistencia. Los hermanos juaninos se miraron extrañados. El que antes se negaba a caminar, ahora apretaba el paso, apremiándolos a que lo siguieran.

La noche había caído y el viento soplaba con fuerza mientras gemía de impresionante manera. Don Santiago miraba con temor para todos lados.

—¿Falta mucho aún hermanos? —preguntó llevándose las manos a la boca, como si fuese un niño pequeño.

Pero no habían caminado más de cuatro calles cuando cuatro sombras les cerraron el paso.

—¡Alto! —dijo una de ellas—. Don Santiago debe venir con nosotros. Ya es hora de que cumpla su condena.

Los frailes tomaron sus cruces, pero Don Santiago, enloquecido de temor, se desprendió de su lado y echó a correr despavorido por las calles.

—¡Ayúdenme! —gritaba con gran desesperación.

Los hermanos de San Juan de Dios fueron testigos de un hecho aterrador. Aquellas cuatro sombras se habían lanzado en persecución de Don Santiago, quien seguía cruzando la ciudad dando grandes pasos, hasta que no pudo continuar más.

Se encontraba tirado justo en el callejón que después se llamó de Salsipuedes, hoy conocido como de Dolores. Cuentan las crónicas que el señor de Salcedo se vio sin escapatoria.

—¡Tengan piedad! —dijo sollozando.

Pero aquella fría noche, la capital se estremeció con los alaridos de Don Santiago, que era llevado por el aire conducido por sus cuatro acusadores espectrales. Nadie se atrevió a salir de sus casas; era como si el demonio anduviera suelto.

Se cuenta que a la mañana siguiente los vecinos de la calle de Nuestra Señora del Rosario, hoy Segunda de Pino Suárez, contemplaron ante la casa del encomendero una horca negra, y en ella la cabeza de aquel perverso hombre, cuyo cuerpo se balanceaba con el viento.

Y de acuerdo con las crónicas de la época, aquel espectro vagó por las calles de la Colonia lanzando gemidos despavoridos, que causaban temor a los habitantes de la Nueva España. Motivo por el cual, la calle recibió el nombre del "Espantoso", hasta que la Santa Inquisición intervino para prohibir que se le nombrara de esa manera. Y años más tarde la calle recibió el nombre de Bajos de Porta Coeli.

LA MANO PELUDA

Esta horrible historia, que ha sido utilizada para titular programas radiofónicos y hasta libros, tuvo su origen en el año de 1775. Y si no es propiamente de la época colonial, su resonancia e importancia en nuestro país ha sido tal, que no pudimos dejarla de lado.

Ese año fue fundado el Monte de Piedad en la ciudad de México por Don Pedro Romero de Terreros, conde de la Regla, con el fin de proteger a los hombres que tenían que deshacerse de sus cosas para poder subsistir.

De la misma manera, Don Alejandro Ruiz Olavarrieta creó otro Monte de Piedad poco más de cien años después, en 1890, pero esta vez en la ciudad de Puebla. Fue así como empezaron a abundar en el país instituciones de la misma índole, pero que lejos de ayudar a las personas, imponían intereses exorbitantes imposibles de pagar por los habitantes.

Los fundadores de estos negocios recibieron entonces el nombre de "montepíos", y fue en la época de

Porfirio Díaz cuando se acrecentaron los negocios de empeño, ya que pese a los inspectores que se encargaban de observar que todo se manejara con rectitud y estuviera en orden en las casas de empeño, esto no era posible, gracias a que algunos vivales que representaban a la autoridad eran quienes se beneficiaban al otorgar documentos ilegales para la apertura de estos establecimientos.

Horta Villa, uno de los hombres más ricos de la ciudad de Puebla, tenía tanto pelo que parecía mono. Él era dueño de la Casa Comercial Villa, ubicada en la calle de Merino. Estaba casado con una mujer a la que llamaban "Gangosa", por su forma de hablar.

El señor de la Horta no era muy querido en la ciudad de Puebla. A menudo se paseaba en las calles humillando a cuanta gente podía. Llevaba las manos cubiertas de costosos anillos de oro. Pero este insoportable hombre, murió en poco tiempo y fue entonces cuando se inició la leyenda de "La mano peluda".

Cuenta la leyenda que en el cementerio de San Francisco, cuando llega la noche, de una tumba sale una mano a recorrer las calles de Puebla y relatan los moradores que cuando alguien se atraviesa en su camino, la maléfica extremidad se le trepa al cuello y comienza a ahorcarla hasta dejarla sin vida.

Pero entonces, ¿cómo pudo saberse la historia? Pues bien: Enrique Cordero, quien juró haber presenciado el hecho con sus propios ojos, fue quien se encargó de difundir la leyenda que pronto llegó a oídos de todo México. Este hombre, que se caracterizaba por tener dientes saltones como de caballo y usar lentes de vidrio muy grueso, era verdaderamente generoso, ya que sin contar con una fortuna, lo poco que poseía lo dedicaba a realizar obras de beneficencia.

Era un hombre curioso, escritor, por lo que luego de saber que había una mano peluda deambulando por las calles poblanas durante la noche, quiso saber la historia. Para ello fue con el sepulturero del cementerio de San Francisco para enterarse.

Pero aquel hombre sólo le dio datos falsos, cosa que pudo intuir el escritor, por lo que decidió investigar él mismo. Luego de algunas averiguaciones, llegó a la conclusión de que la misteriosa mano pertenecía en vida a un hombre de buena fortuna y que ahora se vengaba de todos sus enemigos asesinándolos, después de perseguirlos en medio de la oscura noche.

De todas sus investigaciones realizadas sólo faltaba descifrar a quién le perteneció aquella mano; para ello tuvo que volver al cementerio, pero esta vez para observar lo que ocurría.

Así permaneció un buen rato, hasta que sonaron las doce campanadas en el reloj de la catedral y al no ver nada extraño y ya agotado por la espera, decidió que lo mejor era irse a dormir a casa. Pero justo cuando se iba a acostar, escuchó en su ventana un extraño ruido. Parecía como si unas uñas rasguñaran con desesperación el mosquitero.

Pero Cordero no era cobarde y pronto le dio explicación a lo sucedido, quizás un animal estaba golpeando en la ventana. Se acercó a la ventana con la intención de liberar al animalito, pero al abrirla, lo primero que saltó a su rostro fue la mano peluda, la que le apretaba el cuello con fuerza al tiempo que decía.

—¡Vas a morir!

Pero Enrique fue más hábil que su enemiga y atinó a decirle con todas sus fuerzas:

—¡No puedes hacerme daño, porque soy un hombre bueno!

Cuando terminó de pronunciar estas palabras, la mano peluda le soltó el cuello. Pero aquella extremidad no conforme con esto, y sabiendo que nada le podía hacer, le arrancó los ojos para que nunca pudiera volverla a ver.

Enrique, que se encontraba malherido, supo que ya no podría seguir investigando, por lo que se refugió en un convento, donde esperaba orar para el resto de su vida.

Muchas versiones surgieron a raíz de ese suceso. Lo cierto es que no fue hasta aquella noche cuando el segundo de los hermanos Calasanz se encontraba cerrando la casa de empeño del Portalillo, acompañado por dos guardaespaldas que cuidaban de él mientras cerraba.

Pero antes de que llegara a su casa, cerca de Palacete, ubicado entre la Pinacoteca Virreinal y el Teatro Principal, se escuchó un fuerte grito que pedía ayuda, al que siguió de inmediato un quejido. Aquel hombre y sus guardaespaldas llegaron al final del callejón y se encontraron a un individuo tirado en el suelo.

—La mano —decía entre sollozos.

Pero los hombres prorrumpieron en carcajadas, ya que sabían que tal mano no existía y que sólo había sido una leyenda creada por ellos mismos para evitar que se descubrieran sus asesinatos.

Así que no hicieron más caso de aquel hombre y continuaron su camino a casa. Una vez estando allí, brindaron por su magnífico plan, sin hacer caso de los ruidos que provenían del exterior.

Aquel ruido poco a poco fue en aumento. Calasanz mandó a uno de sus guardaespaldas a averiguar qué sucedía. Pero al abrir la puerta, aquel fuerte hombre quedó impresionado al mirar cómo un brazo peludo se le dejaba ir al rostro, pero sin atacarlo con fiereza.

El guardaespaldas regresó con su compañero y el cruel patrón, con la mano colgando de su cuello, pero lejos de asustarse ambos se asombraron por las bellas joyas que llevaba aquella mano extraña. Acto seguido la mano saltó a los ojos de este desdichado hombre.

Los otros dos al ver la escena, quedaron aterrados, y justo cuando el otro guardaespaldas iba a salir corriendo por la puerta para salvar su vida, la mano le brincó de igual manera a los ojos, sacándoselos.

Cuentan que Calasanz aprovechó el momento para huir buscando refugio en la catedral. Pero todo Puebla pensaba que aquel despiadado hombre había dado muerte a sus hombres, mas él negaba todo, diciendo la verdad sobre la mano peluda.

Dicen que a los pocos días Calasanz vendió todas sus pertenencias y se fue a vivir a Atlixco para llevar una vida consagrada a la misericordia. Quienes lo conocieron, aseguran que muchos años pasaron antes de que olvidara aquella terrible noche, y que incluso toda su familia revisaba a diario todos los rincones de sus casas para asegurarse de que aquella mano no volviera jamás.

ÍNDICE

Introducción 5

Las ánimas de las calles de Carranza 7

El encapuchado del templo 23

El espíritu de La Soledad 29

La mano maldita 43

El barrio de los encadenados 47

La esquina del degollado.................... 57

La bruja de Durango 69

El espantoso 73

La mano peluda 87

OTROS TÍTULOS DE ESTA COLECCIÓN

- *Cuentos coloniales de terror*
- *Cuentos mexicanos de terror*
- *Historias de fantasmas*
- *Historias mexicanas de crimen y horror*
- *Leyendas y tradiciones de la Colonia*
- *Mansiones poseídas*
- *Mejores cuentos de vampiros*
- *Mitos y relatos de la Colonia*
- *Brujería. Rituales mágicos*
- *Tradiciones mexicanas*
- *Libro de los ángeles (camino a la luz)*
- *Ángeles y tú*
- *Ángeles y tu signo*
- *Libro de los horóscopos*
- *Aprenda el arte del Feng Shui*
- *Feng Shui (el arte de la armonía espiritual)*

Esta obra se termino de imprimir
en Enero del 2010 en los
talleres de Offset Efectivo, S.A. DE C.V.
Plaza del árbol No. 7 Col. Dr. Alfonso Ortiz Tirado
C.P. 09020 México, D.F.
Tiro 1,000 ejemplares más sobrantes